LA CHASSE-GALERIE

LÉGENDES CANADIENNES

HONORÉ BEAUGRAND

Copyright pour le texte et la couverture © 2023 Culturea
Edition : Culturea (culurea.fr), 34 Hérault
Contact : infos@culturea.fr
Impression : BOD, Norderstedt (Allemagne)
ISBN :9791041835546
Date de publication : juillet 2023
Mise en page et maquettage : https://reedsy.com/
Cet ouvrage a été composé avec la police Bauer Bodoni
Tous droits réservés pour tous pays.

La légende qui suit a déjà été publiée dans la *Patrie*, il y a quelque dix ans, et en anglais dans le *Century Magazine* de New York, du mois d'août 1892, avec illustrations par Henri Julien. On voit que cela ne date pas d'hier. Le récit lui-même est basé sur une croyance populaire qui remonte à l'époque des coureurs des bois et des voyageurs du Nord-Ouest. Les "gens de chantier" ont continué la tradition, et c'est surtout dans les paroisses riveraines du Saint-Laurent que l'on connaît les légendes de la chasse-galerie. J'ai rencontré plus d'un vieux voyageur qui affirmait avoir vu voguer dans l'air des canots d'écorce remplis de "possédés" s'en allant voir leurs blondes, sous l'égide de Belzébuth. Si j'ai été forcé de me servir d'expressions plus ou moins académiques, on voudra bien se rappeler que je mets en scène des hommes au langage aussi rude que leur difficile métier.

H.B.

LA CHASSE-GALERIE

I

Pour lors que je vais vous raconter une rôdeuse d'histoire, dans le fin fil; mais s'il y a parmi vous autres des lurons qui auraient envie de courir la chasse-galerie ou le loup-garou, je vous avertis qu'ils font mieux d'aller voir dehors si les chats-huants font le sabbat, car je vais commencer mon histoire en faisant un grand signe de croix pour chasser le diable et ses diablotins. J'en ai eu assez de ces maudits-là dans mon jeune temps.

Pas un homme ne fit mine de sortir; au contraire tous se rapprochèrent de la cambuse où le *cook* finissait son préambule et se préparait à raconter une histoire de circonstance.

On était à la veille du jour de l'an 1858, en pleine forêt vierge, dans les chantiers des Ross, en haut de la Gatineau. La saison avait été dure et la neige atteignait déjà la hauteur du toit de la cabane.

Le bourgeois avait, selon la coutume, ordonné la distribution du contenu d'un petit baril de rhum parmi les hommes du chantier, et le cuisinier avait terminé de bonne heure les préparatifs du fricot de pattes et des glissantes pour le repas du lendemain. La mélasse mijotait dans le grand chaudron pour la partie de tire qui devait terminer la soirée.

Chacun avait bourré sa pipe de bon tabac canadien, et un nuage épais obscurcissait l'intérieur de la cabane, où un feu pétillant de pin résineux jetait, cependant, par intervalles, des lueurs rougeâtres qui tremblotaient en éclairant par des effets merveilleux de clair-obscur, les mâles figures de ces rudes travailleurs des grands bois.

Joe le *cook* était un petit homme assez mal fait, que l'on appelait assez généralement le bossu, sans qu'il s'en formalisât, et qui faisait chantier depuis au moins 40 ans. Il en avait vu de toutes les couleurs dans son existence bigarrée et il suffisait de lui faire prendre un petit coup de jamaïque pour lui délier la langue et lui faire raconter ses exploits.

II

—Je vous disais donc, continua-t-il, que si j'ai été un peu *tough* dans ma jeunesse, je n'entends plus risée sur les choses de la religion. J'vas à confesse régulièrement tous les ans, et ce que je vais vous raconter là se passait aux jours de ma jeunesse quand je ne craignais ni Dieu ni diable. C'était un soir comme celui-ci, la veille du jour de l'an, il y a de cela 34 ou 35 ans. Réunis avec tous mes camarades autour de la cambuse, nous prenions un petit coup; mais si les petits ruisseaux font les grandes rivières, les petits verres finissent par vider les grosses cruches, et dans ces temps-là, on buvait plus sec et plus souvent qu'aujourd'hui, et il n'était pas rare de voir finir les fêtes par des coups d poings et des tirages de tignasse. La jamaïque était bonne, — pas meilleure que ce soir, — mais elle était bougrement bonne, je vous le parsouête. J'en avais bien lampé une douzaine de petits gobelets, pour ma part, et sur les onze heures, je vous l'avoue franchement, la tête me tournait et je me laissai tomber sur ma robe de carriole pour faire un petit somme en attendant l'heure de sauter à pieds joints par-dessus la tête d'un quart de lard, de la vieille année dans la nouvelle, comme nous allons le faire ce soir sur l'heure de minuit, avant d'aller chanter la guignolée et souhaiter la bonne année aux hommes du chantier voisin.

Je dormais donc depuis assez longtemps lorsque je me sentis secouer rudement par le boss des piqueurs, Baptiste Durand, qui me dit:

—Joe! minuit vient de sonner et tu es en retard pour le saut du quart. Les camarades sont partis pour faire leur tournée et moi je m'en vais à Lavaltrie voir ma blonde. Veux-tu venir avec moi?

—À Lavaltrie! lui répondis-je, es-tu fou? nous en sommes à plus de cent lieues et d'ailleurs aurais-tu deux mois pour faire le voyage, qu'il n'y a pas de chemin de sortie dans la neige. Et puis, le travail du lendemain du jour de l'an?

—Animal! répondit mon homme, il ne s'agit pas de cela. Nous ferons le voyage en canot d'écorce à l'aviron, et demain matin à six heures nous serons de retour au chantier.

Je comprenais.

Mon homme me proposait de courir la chasse-galerie et de risquer mon salut éternel pour le plaisir d'aller embrasser ma blonde, au village. C'était raide! Il était bien vrai que j'étais un peu ivrogne et débauché et que la religion ne me fatiguait pas à cette époque, mais risquer de vendre mon âme au diable, ça me surpassait.

—Cré poule mouillée! continua Baptiste, tu sais bien qu'il n'y a pas de danger. Il s'agit d'aller à Lavaltrie et de revenir dans six heures. Tu sais bien qu'avec la chasse-galerie, on voyage au moins 50 lieues à l'heure lorsqu'on sait manier l'aviron comme nous. Il s'agit tout simplement de ne pas prononcer le nom du bon Dieu pendant le trajet, et de ne pas s'accrocher aux croix des clochers en voyageant. C'est facile à faire et pour éviter tout danger, il faut penser à ce qu'on dit, avoir l'œil où l'on va et ne pas prendre de boisson en route. J'ai déjà fait le voyage cinq fois et tu vois bien qu'il ne m'est jamais arrivé malheur. Allons mon vieux, prends ton courage à deux mains et, si le cœur t'en dit, dans deux heures de temps nous serons à Lavaltrie. Pense à la petite Liza Guimbette et au plaisir de l'embrasser. Nous sommes déjà sept pour faire le voyage mais il faut être deux, quatre, six ou huit et tu seras le huitième.

—Oui! tout cela est très bien, mais il faut faire un serment au diable, et c'est un animal qui n'entend pas à rire lorsqu'on s'engage à lui.

—Une simple formalité, mon Joe. Il s'agit simplement de ne pas se griser et de faire attention à sa langue et à son aviron. Un homme n'est pas un enfant, que diable! Viens! viens! nos camarades nous attendent dehors et le grand canot de la *drave* est tout prêt pour le voyage.

Je me laissai entraîner hors de la cabane où je vis en effet six de nos hommes qui nous attendaient, l'aviron à la main. Le grand canot était sur la neige dans une clairière et avant d'avoir eu le temps de réfléchir, j'étais déjà assis dans le devant, l'aviron pendant sur le plat-bord, attendant le signal du départ. J'avoue que j'étais un peu troublé, mais Baptiste qui passait, dans le chantier, pour n'être pas allé à confesse depuis sept ans ne me laissa pas le temps de me débrouiller. Il était à l'arrière, debout, et d'une voix vibrante il nous dit:

—Répétez avec moi!

Et nous répétâmes:

—Satan! roi des enfers, nous te promettons de te livrer nos âmes, si d'ici à six heures nous prononçons le nom de ton maître et du nôtre, le bon Dieu, et nous touchons une croix dans le voyage. À cette condition tu nous transporteras à travers les airs, au lieu où nous voulons aller et tu nous ramèneras de même au chantier!

III

Acabris! Acabras! Acabram
Fais-nous voyager par-dessus les montagnes

À peine avions-nous prononcé les dernières paroles que nous sentîmes le canot s'élever dans l'air à une hauteur de cinq ou six cents pieds. Il me semblait que j'étais léger comme une plume et au commandement de Baptiste, nous commençâmes à nager comme des possédés que nous étions. Aux premiers coups d'aviron le canot s'élança dans l'air comme une flèche, et c'est le cas de le dire, le diable nous emportait. Ça nous en coupait le respire et le poil en frisait sur nos bonnets de carcajou.

Nous filions plus vite que le vent. Pendant un quart d'heure, environ, nous naviguâmes au-dessus de la forêt sans apercevoir autre chose que les bouquets des grands pins noirs. Il faisait une nuit superbe et la lune, dans son plein, illuminait le firmament comme un beau soleil du midi. Il faisait un froid du tonnerre et nos moustaches étaient couvertes de givre, mais nous étions cependant tous en nage. Ça se comprend aisément puisque c'était le diable qui nous menait et je vous assure que ce n'était pas sur le train de la *Blanche*. Nous aperçûmes bientôt une éclaircie, c'était la Gatineau dont la surface glacée et polie étincelait au-dessous de nous comme un immense miroir. Puis, p'tit-à-p'tit nous aperçûmes des lumières dans les maisons d'habitants; puis des clochers d'églises qui reluisaient comme des baïonnettes de soldats, quand ils font l'exercice sur le Champ de Mars de Montréal. On passait ces clochers aussi vite qu'on passe les poteaux de télégraphe, quand on voyage en chemin de fer. Et nous filions toujours comme tous les diables, passant par-dessus les villages, les forêts, les rivières et laissant derrière nous comme une traînée d'étincelles. C'est Baptiste, le possédé, qui gouvernait, car il connaissait la route et nous arrivâmes bientôt à la rivière des Outaouais qui nous servit de guide pour descendre jusqu'au lac des Deux-Montagnes.

—Attendez un peu, cria Baptiste. Nous allons raser Montréal et nous allons effrayer les coureux qui sont encore dehors à c'te heure cite. Toi, Joe! là, en avant, éclaircis-toi le gosier et chante-nous une chanson sur l'aviron.

En effet, nous apercevions déjà les mille lumières de la grande ville, et Baptiste, d'un coup d'aviron, nous fit descendre à peu près au niveau des tours de Notre-Dame. J'enlevai ma chique pour ne pas l'avaler, et j'entonnai à tue-tête cette chanson de circonstance que tous les canotiers répétèrent en chœur:

Mon père n'avait fille que moi,
Canot d'écorce qui va voler,
Et dessus la mer il m'envoie:
Canot d'écorce qui vole, qui vole,
Canot d'écorce qui va voler!

Et dessus la mer il m'envoie,
Canot d'écorce qui va voler,
Le marinier qui me menait:
Canot d'écorce qui vole, qui vole,
Canot d'écorce qui va voler!

Le marinier qui me menait,
Canot d'écorce qui va voler,
Me dit, ma belle, embrassez-moi:
Canot d'écorce qui vole, qui vole,
Canot d'écorce qui va voler!

Me dit, ma belle, embrassez-moi,
Canot d'écorce qui va voler,
Non, non, monsieur, je ne saurais:
Canot d'écorce qui vole, qui vole,
Canot d'écorce qui va voler!

Non, non, monsieur, je ne saurais,
Canot d'écorce qui va voler,
Car si mon papa le savait:
Canot d'écorce qui vole, qui vole,
Canot d'écorce qui va voler!

Car si mon papa le savait,
Canot d'écorce qui va voler,
Ah! c'est bien sûr qu'il me battrait.
Canot d'écorce qui vole, qui vole,
Canot d'écorce qui va voler!

IV

Bien qu'il fût près de deux heures du matin, nous vîmes des groupes s'arrêter dans les rues pour nous voir passer, mais nous filions si vite qu'en un clin d'œil nous avions dépassé Montréal et ses faubourgs, et alors je commençai à compter les clochers: la Longue-Pointe, la Pointe-aux-Trembles, Repentigny, Saint-Sulpice, et enfin les deux flèches argentées de Lavaltrie qui dominaient le vert sommet des grands pins du domaine.

—Attention! vous autres, nous cria Baptiste. Nous allons atterrir à l'entrée du bois, dans le champ de mon parrain, Jean-Jean Gabriel, et nous nous rendrons ensuite à pied pour aller surprendre nos connaissances dans quelque fricot ou quelque danse du voisinage.

Qui fut dit fut fait, et cinq minutes plus tard notre canot reposait dans un banc de neige à l'entrée du bois de Jean-Jean Gabriel; et nous partîmes tous les huit à la file pour nous rendre au village. Ce n'était pas une mince besogne car il n'y avait pas de chemin battu et nous avions de la neige jusqu'au califourchon. Baptiste qui était plus effronté que les autres s'en alla frapper à la porte de la maison de son parrain où l'on apercevait encore de la lumière, mais il n'y trouva qu'une fille *engagère* qui lui annonça que les vieilles gens étaient à un *snaque* chez le père Robillard, mais que les farauds et les filles de la paroisse étaient presque tous rendus chez Batissette Augé, à la Petite-Misère en bas de Contrecœur, de l'autre côté du fleuve, là où il y avait un rigodon du jour de l'an.

—Allons au rigodon, chez Batissette Augé, nous dit Baptiste, on est certain d'y rencontrer nos blondes.

—Allons chez Batissette!

Et nous retournâmes au canot, tout en nous mettant mutuellement en garde sur le danger qu'il y avait de prononcer certaines paroles et de prendre un coup de trop, car il fallait reprendre la route des chantiers et y arriver avant six heures du matin, sans quoi nous étions flambés comme des carcajous, et le diable nous emportait au fin fond des enfers.

Acabris! Acabras! Acabram!
Fais-nous voyager par-dessus les montagnes!

cria de nouveau Baptiste. Et nous voilà repartis pour la Petite-Misère, en naviguant en l'air comme des renégats que nous étions tous. En deux tours d'aviron, nous avions traversé le fleuve et nous étions rendus chez Batissette Augé dont la maison était tout illuminée. On entendait vaguement, au dehors, les sons du violon et les éclats de rire des danseurs dont on voyait les ombres se trémousser, à travers les vitres couvertes de givre. Nous cachâmes notre canot derrière les tas de bourdillons qui bordaient la rive, car la glace avait refoulé, cette année-là.

—Maintenant, nous répéta Baptiste, pas de bêtises, les amis, et attention à vos paroles. Dansons comme des perdus, mais pas un seul verre de Molson, ni de jamaïque, vous m'entendez! Et au premier signe, suivez-moi tous, car il faudra repartir sans attirer l'attention.

Et nous allâmes frapper à la porte.

V

Le père Batissette vint ouvrir lui-même et nous fûmes reçus à bras ouverts par les invités que nous connaissions presque tous.

Nous fûmes d'abord assaillis de questions:

—D'où venez-vous?

—Je vous croyais dans les chantiers!

—Vous arrivez bien tard!

—Venez prendre une larme!

Ce fut encore Baptiste qui nous tira d'affaire en prenant la parole:

—D'abord, laissez-nous nous décapoter et puis ensuite laissez-nous danser. Nous sommes venus exprès pour ça. Demain matin, je répondrai à toutes vos questions et nous vous raconterons tout ce que vous voudrez.

Pour moi j'avais déjà reluqué Liza Guimbette qui était faraudée par le p'tit Boisjoli de Lanoraie. Je m'approchai d'elle pour la saluer et pour lui demander l'avantage de la prochaine qui était un *reel* à quatre. Elle accepta avec un sourire qui me fit oublier que j'avais risqué le salut de mon âme pour avoir le plaisir de me trémousser et de battre des ailes de pigeon en sa compagnie. Pendant deux heures de temps, une danse n'attendait pas l'autre et ce n'est pas pour me vanter si je vous dis que dans ce temps-là, il n'y avait pas mon pareil à dix lieues à la ronde pour la gigue simple ou la voleuse. Mes camarades, de leur côté, s'amusaient comme des lurons, et tout ce que je puis vous dire, c'est que les garçons d'habitants étaient fatigués de nous autres, lorsque quatre heures sonnèrent à la pendule. J'avais cru apercevoir Baptiste Durand qui s'approchait du buffet où les hommes prenaient des nippes de whisky blanc, de temps en temps, mais j'étais tellement occupé avec ma partenaire que je n'y portai pas beaucoup d'attention. Mais maintenant que l'heure de remonter en canot était arrivée, je vis clairement que Baptiste avait pris un coup de trop et je fus obligé d'aller le prendre par le bras pour le faire sortir avec moi en faisant signe aux autres de se préparer à nous suivre sans attirer l'attention des danseuses.

Nous sortîmes donc les uns après les autres sans faire semblant de rien et, cinq minutes plus tard, nous étions remontés en canot, après avoir quitté le bal comme des sauvages, sans dire bonjour à personne, pas même à Liza que j'avais invitée pour danser un *foin*. J'ai toujours pensé que c'était cela qui l'avait décidée à me trigauder et à épouser le petit Boisjoli sans même m'inviter à ses noces, la bougresse. Mais pour revenir à notre canot, je vous avoue que nous étions rudement embêtés de voir que Baptiste Durand avait bu un coup car c'était lui qui nous gouvernait et nous n'avions juste que le temps de revenir au chantier pour six heures du matin, avant le réveil des hommes qui ne travaillaient pas le jour du jour de l'an. La lune était disparue et il ne faisait plus aussi clair qu'auparavant et ce n'est pas sans crainte que je pris ma position à l'avant du canot, bien décidé à avoir l'œil sur la route que nous allions suivre. Avant de nous enlever dans les airs, je me retournai et je dis à Baptiste:

—Attention! là, mon vieux. Pique tout droit sur la montagne de Montréal, aussitôt que tu pourras l'apercevoir.

—Je connais mon affaire, répliqua Baptiste, et mêle-toi des tiennes!

Et avant que j'aie eu le temps de répliquer:

Acabris! Acabras! Acabram!
Fais-nous voyager par-dessus les montagnes!

VI

Et nous voilà repartis à toute vitesse. Mais il devint aussitôt évident que notre pilote n'avait plus la main aussi sûre, car le canot décrivait des zigzags inquiétants. Nous ne passâmes pas à cent pieds du clocher de Contrecœur et au lieu de nous diriger à l'ouest, vers Montréal, Baptiste nous fit prendre les bordées vers la rivière Richelieu. Quelques instants plus tard, nous passâmes par-dessus la montagne de Belœil et il ne s'en manqua pas de dix pieds que l'avant du canot n'allât se briser sur la grande croix de tempérance que l'évêque de Québec avait plantée là.

—À droite! Baptiste! à droite! mon vieux, car tu vas nous envoyer chez le diable, si tu ne gouvernes pas mieux que ça!

Et Baptiste fit instinctivement tourner le canot vers la droite en mettant le cap sur la montagne de Montréal que nous apercevions déjà dans le lointain. J'avoue que la peur commençait à me tortiller, car si Baptiste continuait à nous conduire de travers, nous étions flambés comme des gorets qu'on grille après la boucherie. Et je vous assure que la dégringolade ne se fit pas attendre, car au moment où nous passions au-dessus de Montréal, Baptiste nous fit prendre une *sheer* et, avant d'avoir eu le temps de m'y préparer, le canot s'enfonçait dans un banc de neige, dans une éclaircie, sur le flanc de la montagne. Heureusement que c'était dans la neige molle, que personne n'attrapa de mal et que le canot ne fut pas brisé. Mais à peine étions-nous sortis de la neige que voilà Baptiste qui commence à sacrer comme un possédé et qui déclare qu'avant de repartir pour la Gatineau il veut descendre en ville prendre un verre. J'essayai de raisonner avec lui, mais allez donc faire entendre raison à un ivrogne qui veut se mouiller la luette. Alors, rendu à bout de patience, et plutôt que de laisser nos âmes au diable qui se léchait déjà les babines en nous voyant dans l'embarras, je dis un mot à mes autres compagnons qui avaient aussi peur que moi, et nous nous jetons tous sur Baptiste que nous terrassons, sans lui faire de mal, et que nous plaçons ensuite au fond du canot, —après l'avoir ligoté comme un bout de saucisse et lui avoir mis un bâillon pour l'empêcher de prononcer des paroles dangereuses, lorsque nous serions en l'air. Et:

Acabris! Acabras! Acabram!

nous voilà repartis sur un train de tous les diables, car nous n'avions plus qu'une heure pour nous rendre au chantier de la Gatineau. C'est moi qui gouvernais, cette fois-là, et je vous assure que j'avais l'œil ouvert et le bras solide. Nous remontâmes la rivière Outaouais comme une poussière jusqu'à la Pointe à Gatineau et de là nous piquâmes au nord vers le chantier. Nous n'en étions plus qu'à quelques lieues, quand voilà-t-il pas cet animal de Baptiste qui se détortille de la corde avec laquelle nous l'avions ficelé, qui s'arrache son bâillon et qui se lève tout droit, dans le canot, en lâchant un sacre qui me fit frémir jusque dans la pointe des cheveux. Impossible de lutter contre lui dans le canot sans courir le risque de tomber d'une hauteur de deux ou trois cents pieds, et l'animal gesticulait comme Lin perdu en nous menaçant tous de son aviron qu'il avait saisi et qu'il faisait tournoyer sur nos têtes, en faisant le moulinet comme un Irlandais avec son *shilelagh*. La position était terrible, comme vous le comprenez bien. Heureusement que nous arrivions, mais j'étais tellement excité, que par une fausse manœuvre que je fis pour éviter l'aviron de Baptiste, le canot heurta la tête d'un gros pin et que nous voilà tous précipités en bas, dégringolant de branche en branche comme des perdrix que l'on tue dans les épinettes. Je ne sais pas combien je mis de temps à descendre jusqu'en bas car je perdis connaissance avant d'arriver, et mon dernier souvenir était comme celui d'un homme qui rêve qu'il tombe dans un puits qui n'a pas de fond.

VII

Vers les huit heures du matin, je m'éveillai dans mon lit dans la cabane, où nous avaient transportés des bûcherons qui nous avaient trouvés sans connaissance, enfoncés jusqu'au cou dans un banc de neige du voisinage. Heureusement que personne ne s'était cassé les reins mais je n'ai pas besoin de vous dire que j'avais les côtes sur le long comme un homme qui a couché sur les ravalements pendant toute une semaine, sans parler d'un *blackeye* et de deux ou trois déchirures sur les mains et dans la figure. Enfin, le principal, c'est que le diable ne nous avait pas tous emportés et je n'ai pas besoin de vous dire que je ne m'empressai pas de démentir ceux qui prétendirent qu'ils m'avaient trouvé, avec Baptiste et les six autres, tous saouls comme des grives, et en train de cuver notre jamaïque dans un banc de neige des environs. C'était déjà pas si beau d'avoir risqué de vendre son âme au diable, pour s'en vanter parmi les camarades; et ce n'est que bien des années plus tard que je racontai l'histoire telle qu'elle m'était arrivée.

Tout ce que je puis vous dire, mes amis, c'est que ce n'est pas si drôle qu'on le pense que d'aller voir sa blonde en canot d'écorce, en plein cœur d'hiver, en courant la chasse-galerie; surtout si vous avez un maudit ivrogne qui se mêle de gouverner. Si vous m'en croyez, vous attendrez à l'été prochain pour aller embrasser vos p'tits cœurs, sans courir le risque de voyager aux dépens du diable.

Et Joe le *cook* plongea sa micouane dans la mélasse bouillonnante aux reflets dorés, et déclara que la tire était cuite à point et qu'il n'y avait plus qu'à l'étirer.

LE LOUP-GAROU

Oui! Vous êtes tous des fins-fins, les avocats d Montréal, pour vous moquer des loups-garous. Il est vrai que le diable ne fait pas tant de cérémonies avec vous autres et qu'il est si sûr de son affaire, qu'il n'a pas besoin de vous faire courir la prétentaine pour vous attraper par le chignon du cou, à l'heure qui lui conviendra.

—Voyons, père Brindamour, ne vous fâchez pas, et si vous avez vu des loups-garous, racontez-nous ça.

C'était pendant la dernière lutte électorale de Richelieu, entre Bruneau et Morgan, dans une salle du comité du Pot-au-beurre, en bas de Sorel. Les cabaleurs révisaient les listes et faisaient des cours d'économie politique aux badauds qui prétendaient s'intéresser à leurs arguments, pour attraper de temps en temps un p'tit coup de whisky blanc à la santé de monsieur Morgan.

Dans une salle basse, remplie de fumée, assis sur des bancs grossiers autour d'une table de bois de sapin brut, vingt-cinq à trente gaillards des alentours causaient politique sous la haute direction d'un étudiant en droit qui pontifiait, flanqué de quatre ou cinq exemplaires du Hansard et des derniers livres bleus des ministères d'Ottawa.

Le père Pierriche Brindamour en était rendu au paroxysme d'un enthousiasme échevelé et criait comme un possédé:

—Hourrah pour monsieur Morgan! et que le diable emporte tous les rouges de Sorel; c'est une bande de coureux de loup-garoux.

Un éclat de rire formidable accueillit cette frasque du père Pierriche et comme on le savait bavard, à ses heures d'enthousiasme, on résolut de le faire causer.

—Des coureux de loup-garou! Allons donc M. Brindamour, est-ce que vous croyez encore à ces blagues-là, dans le rang du Pot-au-beurre?

C'est alors que le vieillard riposta en s'attaquant au manque de vertu et d'orthodoxie des avocats en général et de ceux de Montréal en particulier.

—Ah ben oui! vous êtes tous pareils, vous autres les avocats, et si je vous demandais seulement ce que c'est qu'un loup-garou, vous seriez ben en peine de me le dire. Quand je dis que tous les rouges de Sorel courent le loup-garou, c'est une manière de parler, car vous devriez savoir qu'il faut avoir passé sept ans sans aller à confesse, pour que le diable puisse s'emparer d'un homme et lui faire pousser du poil en dedans. Je suppose que vous ne savez même pas qu'un homme qui court le loup-garou a la couenne comme une peau de loup revirée à l'envers, avec le poil en dedans. Un sauvage de Saint-François connaît ça, mais un avocat de Montréal, ça peut bavasser sur la politique, mais en dehors de ça, faut pas lui demander grand-chose sur les choses sérieuses et sur ce qui concerne les habitants.

—C'est vrai, répondirent quelques farceurs qui se rangeaient avec le père Pierriche, contre l'avocat en herbe.

—Oui! tout ça, c'est très bien, riposta l'étudiant dans le but de pousser Pierriche à bout, mais ça n'est pas une véritable histoire de loup-garou. En avez-vous jamais vu, vous, un loup-garou, M. Brindamour? C'est cela que je voudrais savoir.

—Oui, j'en ai vu un loup-garou, pas un seul, mais vingt-cinq, et si je vous rencontrais seulement sur le bord d'un fossé, dans une talle de hart-rouge après neuf heures du soir, je gagerais que vous auriez le poil aussi long qu'un loup, vous qui parlez, car ça vous embêterait ben de me montrer votre billet de confession. Le plus que ça pourrait être ce serait un mauvais billet de pâques de renard. Ah! on vous connaît les gens de Montréal. Faut pas venir nous pousser des pointes, parce que vous êtes plus éduqués que nous autres.

—Oui! oui, tout ça, c'est bien beau mais c'est pour nous endormir que vous blaguez comme ça. Allez dire ça aux gens de Bruneau. Ce qui me faut à moi c'est des preuves, et si vous savez une histoire de loup-garou, racontez-la, car on va finir par croire que vous n'en savez pas et que vous voulez vous moquer de nous autres.

—Oui-da! oui. Eh ben j'en ai une histoire et je vas vous la conter, mais à une condition: vous allez nous faire servir un gallon de whisky d'élection pour que nous buvions à la santé de monsieur Morgan, notre candidat.

La proposition fut agréée et le p'tit lait électoral fut versé à la ronde, haussant d'un cran l'enthousiasme déjà surchauffé de cet auditoire désintéressé!

Et après avoir constaté qu'il ne restait plus une goutte de liquide au fond de la mesure d'un gallon qu'on avait placé sur une pile de littérature électorale, au beau milieu de la table, Pierriche Brindamour prit la parole:

C'est pas pour un verre de whisky du gouvernement que je voudrais vous conter une menterie. Il me faudrait quelque chose de plus sérieux que ça que je me mette en conscience en temps d'élection. Les gros bonnets se vendent trop cher à Ottawa comme à Québec, pour que les gens du comté de Sorel passent pour gâter les prix. Je vous dirai donc la vérité et rien que la vérité, comme on dit à la cour de Sorel quand on est appelé comme témoin. Pour des loups-garous, j'en ai vu assez pour faire un régiment, dans mon jeune temps, lorsque je naviguais l'été à bord des bateaux et que je faisais la pêche au petit poisson, l'hiver, aux chenaux des Trois-Rivières; mais je vous le dirai bien que j'en ai jamais délivré. J'avais bien douze ou treize ans et j'étais *cook* à bord d'un chaland avec mon défunt père qui était capitaine. C'était le jour de la Toussaint et nous montions de Québec avec une cargaison de charbon, par une grande brise de nord-est. Nous avions dépassé le lac Saint-Pierre et sur les huit heures du soir nous nous trouvions à la tête du lac. Il faisait noir comme le loup et il brumassait même un peu, ce qui nous empêchait de bien distinguer le phare de l'île de Grâce. J'étais de vigie à l'avant et mon défunt père était à la barre. Vous savez que l'entrée du chenal n'est pas large et qu'il faut ouvrir l'œil pour ne pas s'échouer. Il faisait une bonne brise et nous avions pris notre perroquet et notre hunier, ce qui ne nous empêchait pas de monter grand train sur notre grande voile. Tout à coup le temps parut s'éclaircir et nous aperçûmes sur la rive de l'île de Grâce, que nous rasions en montant, un grand feu de sapinages autour duquel dansaient une vingtaine de possédés qui avaient des têtes et des queues de loup et dont les yeux brillaient comme des tisons. Des ricanements terribles arrivaient jusqu'à nous et on pouvait apercevoir vaguement le corps d'un homme couché par terre et que quelques maudits étaient en train de découper pour en faire un fricot. C'était une ronde de loups-garous que le diable avait réunis pour leur faire boire du sang de chrétien et leur faire manger de la viande fraîche. Je courus à l'arrière pour attirer l'attention de mon défunt père et de Baptiste Lafleur, le matelot qui naviguait avec nous, mais qui n'était pas de quart à ce moment-là. Ils avaient déjà aperçu le pique-nique des loups-garous. Baptiste avait pris la barre et mon défunt père était en train de charger son fusil pour tirer sur les possédés qui continuaient à crier comme des perdus en sautant en rond autour du feu. Il fallait se dépêcher car le bateau filait bon train devant le nord-est.

— Vite! Pierriche, vite! donne-moi la branche de rameau bénit, qu'il y a à la tête de mon lit, dans la cabine. Tu trouveras aussi un trèfle à quatre feuilles dans un livre de prières, et puis prends deux balles et sauce-les dans l'eau bénite. Vite, dépêche-toi!

Je trouvai bien le rameau bénit, mais je ne pus mettre la main sur le trèfle à quatre feuilles et dans ma précipitation je renversai le petit bénitier sans pouvoir saucer les balles dedans.

Mon père pulvérisa le rameau sec entre ses doigts et s'en servit pour bourrer son fusil, mais je n'osai lui avouer que le trèfle à quatre feuilles n'était pas là et que les balles n'avaient pas été mouillées dans l'eau bénite. Il mit les deux balles dans le canon, fit un grand signe de croix et visa dans le tas de mécréants.

Le coup partit, mais c'est comme s'il avait chargé son fusil avec des pois et les loups-garous continuèrent à danser et à ricaner, en nous montrant du doigt.

Les maudits! dit mon défunt père, je vais essayer encore une fois.

Et il rechargea son fusil et en guise de balle il fourra son chapelet dans le canon.

Et paf!

Cette fois le coup avait porté! Le feu s'éteignit sur la rive et les loups-garous s'enfuirent dans les bois en poussant des cris à faire frémir un cabaleur d'élections.

Les graines du chapelet les avaient évidemment rendus malades et les avaient dispersés, mais comme c'était un chapelet neuf qui n'avait pas encore été bénit, mon défunt père était d'opinion qu'il n'avait pas réussi à les délivrer et qu'ils iraient sans doute continuer leur sabbat sur un autre point de l'île.

Ce qui avait empêché le premier coup de porter, c'est que le fusil n'avait pas été bourré avec le trèfle à quatre feuilles et que les balles n'avaient pas été plongées dans l'eau bénite.

—Hein! qu'est-ce que vous dites de ça, M. l'avocat. J'en ai-t-y vu des loups-garous? continue Pierriche Brindamour.

—Oui! L'histoire n'est pas mauvaise, mais je trouve que vous les avez vus un peu de loin et qu'il y a bien longtemps de ça. Si la chose s'était passée l'automne dernier, je croirais que ce sont les membres du Club de pêche de Phaneuf et de Joe Riendeau de Montréal que vous avez aperçus sur l'île de Grâce en train de courir la galipette. Vous avez dit vous-même que tous les rouges étaient des coureux de loup-garou et vous savez bien, M. Brindamour, qu'il n'y a pas de bleus dans ce club-là!

—Ah! vous vous moquez de mon histoire sans doute que c'était en temps d'élection et que j'avais pris un coup de trop du whisky du candidat de ce temps-là. Eh bien! arrêtez un peu, je n'ai pas fini et j'en ai une autre que mon défunt père m'a raconté, ce soir-là, en montant à Montréal à bord de son bateau. C'est une histoire qui lui est arrivée à lui-même et je vous avertis d'avance que je me fâcherai un peu sérieusement si vous faites seulement semblant d'en douter.

Mon défunt père, dans son jeune temps, faisait la chasse avec les sauvages de Saint-François dans le haut du Saint-Maurice et dans le pays de la Matawan. C'était un luron qui n'avait pas froid aux yeux et, entre nous, j'peux bien vous dire qu'il n'haïssait pas les sauvagesses. Le curé de la mission des Abénakis l'avait averti deux ou trois fois de bien prendre garde à lui, car les sauvages pourraient lui faire un mauvais parti, s'ils l'attrapaient à rôder autour de leurs cabanes. Mais les coureurs des bois de ce temps-là ne craignaient pas grand-chose et, ma foi, vous autres, les godelureaux de Montréal, vous savez bien qu'il faut que jeunesse se passe. Mon défunt père était donc parti pour aller faire la chasse au castor, au rat musqué et au carcajou dans le haut du Saint-Maurice. Une fois rendu là, il avait campé avec les Abénakis, et sa cabane de sapinages était à peine couverte de neige qu'il avait déjà jeté l'œil sur une belle sauvagesse qui avait suivi son père à la chasse. C'était une belle fille, une belle! mais elle passait pour être sorcière dans la tribu et elle se faisait craindre de tous les chasseurs qui n'osaient l'approcher. Mon défunt père qui était un brave se piqua au jeu et, comme il parlait couramment sauvage, il commença à conter fleurette à la sauvagesse. Le père de la belle faisait des absences de deux ou trois jours pour aller tendre ses pièges et ses attrapes, et pendant ce temps-là, les choses allaient rondement. Il faut vous dire que la sauvagesse était une v'limeuse de payenne qui n'allait jamais à l'église de Saint-François et on prétendait même qu'elle n'avait jamais été baptisée. Pas besoin de vous dire tout au long comment les choses se passèrent, mais mon défunt père finit par obtenir un rendez-vous, à quelques arpents du camp, sur le coup de minuit d'un dimanche au soir.

Il trouva bien l'heure un peu singulière et le jour un peu suspect, mais quand on est amoureux on passe par-dessus bien des choses. Il se rendit donc à l'endroit désigné avant l'heure et il fumait tranquillement sa pipe pour prendre patience, lorsqu'il entendit du bruit dans la fardoche. Il s'imagina que c'était sa sauvagesse qui s'approchait, mais il changea bientôt d'idée en apercevant deux yeux qui brillaient comme des *fifollets* et qui le fixaient d'une manière étrange. Il crut d'abord que c'était un chat sauvage ou un carcajou, et il eut juste le temps d'épauler son fusil qu'il ne quittait jamais et d'envoyer une balle entre les deux yeux de l'animal qui s'avançait en rampant dans la neige et sous les broussailles. Mais il avait manqué son coup et, avant qu'il eut le temps de se garer, la bête était sur lui, dressée sur ses pattes de derrière et tâchant de 'lentourer avec ses pattes de devant. C'était un loup, mais un loup immense, comme mon défunt père n'en avait jamais vu. Il sortit son couteau de chasse et l'idée lui vint qu'il avait affaire à un loup-garou. Il savait que la seule manière de se débarrasser de ces maudites bêtes-là, c'était de leur tirer du sang en leur faisant une blessure, dans le front, en forme de croix. C'est ce qu'il tenta de faire, mais le loup-garou se défendait comme un damné qu'il était, et mon défunt père essaya vainement de lui plonger son couteau dans le corps, puisqu'il ne pouvait pas parvenir à le délivrer. Mais la pointe du couteau pliait chaque fois comme s'il eut frappé dans un côté de cuir à semelle. La lutte se prolongeait et devenait terrible et dangereuse. Le loup-garou déchirait les flancs de mon défunt père avec ses longues griffes lorsque celui-ci, d'un coup de son couteau qui coupait comme un rasoir, réussit à lui enlever une patte de devant. La bête poussa un hurlement qui ressemblait au cri d'une femme qu'on égorge et disparut dans la forêt. Mon défunt père n'osa pas la poursuivre, mais il mit la patte dans son sac et rentra au camp pour panser ses blessures qui, bien que douloureuses, ne présentaient cependant aucun danger. Le lendemain, lorsqu'il s'informa de la sauvagesse, il apprit qu'elle était partie, pendant la nuit, avec son père, et personne ne connaissait la route qu'ils avaient prise. Mais jugez de l'étonnement de mon défunt père lorsqu'en fouillant dans son sac pour y chercher une patte de loup, il y trouva une main de sauvagesse, coupée juste au-dessus du poignet. C'était tout bonnement la main de la coquine qui s'était transformée en loup-garou pour boire son sang et l'envoyer chez le diable sans lui donner seulement le temps de faire un acte de contrition. Mon père ne parla pas de la chose aux sauvages du camp, mais son premier soin, en descendant à Saint-François, le printemps suivant, fut de s'informer de la sauvagesse qui était revenue au village, prétendant avoir perdu la main droite dans un piège à carcajou. La scélérate était disparue et courait probablement le farfadet parmi les renégats de sa tribu.

Voilà mon histoire, monsieur l'incrédule, termina le père Pierriche, et je vous assure qu'elle est diablement plus vraie que tout ce que vous venez nous raconter à propos de Lector Langevin, de monsieur Morgan et du p'tit Baptiste Guèvremont. Tâchez seulement de vous délivrer de Bruneau comme mon défunt père s'était délivré de la sauvagesse, mais, s'il faut en croire Baptiste Rouillard qui cabale de l'autre côté, j'ai bien peur que les rouges nous fassent tous courir le loup-garou, le soir de l'élection. En attendant prenons un aut'coup à la santé de notre candidat et allons nous coucher, chacun chez nous.

LA BÊTE À GRAND'QUEUE

I

C'est absolument comme je te le dis, insista le p'tit Pierriche Desrosiers, j'ai vu moi-même la queue de la bête. Une queue poilue d'un rouge écarlate et coupée en sifflet pas loin du... trognon. Une queue de six pieds, mon vieux!

—Oui c'est ben bon de voir la queue de la bête, mais c'vlimeux de Fanfan Lazette est si blagueur qu'il me faudrait d'autres preuves que ça pour le croire sur parole.

—D'abord, continua Pierriche, tu avoueras ben qu'il a tout ce qu'il faut pour se faire poursuivre par la bête à grand'queue. Il est blagueur, tu viens de le dire, il aime à prendre la goutte, tout le monde le sait, et ça court sur la huitième année qu'il fait des pâques de renard. S'il faut être sept ans sans faire ses pâques ordinaires pour courir le loup-garou, il suffit de faire des pâques de renard pendant la même période pour se faire attaquer par la bête à grand'queue. Et il l'a rencontrée en face du manoir de Dautraye, dans les grands arbres qui bordent la route où le soleil ne pénètre jamais, même en plein midi. Juste à la même place où Louison Laroche s'était fait arracher un œil par le maudit animal, il a environ une dizaine d'années.

Ainsi causaient Pierriche Desrosiers et Maxime Sanssouci, en prenant clandestinement un p'tit coup dans la maisonnette du vieil André Laliberté qui vendait un verre par ci et par là à ses connaissances, sans trop s'occuper des lois de patentes ou des remontrances du curé.

—Et toi, André, que penses-tu de tout ça? demanda Pierriche. Tu as dû en voir des bêtes à grand'queue dans ton jeune temps. Crois-tu que Fanfan Lazette en ait rencontré une, à Dautraye?

—C'est ce qu'il prétend, mes enfants, et, comme le voici qui vient prendre sa nippe ordinaire, vous n'avez qu'à le faire jaser lui-même si vous voulez en savoir plus long.

II

Fanfan Lazette était un mauvais sujet qui faisait le désespoir de ses parents, qui se moquait des sermons du curé, qui semait le désordre dans la paroisse et qui — conséquence fatale — était la coqueluche de toutes les jolies filles des alentours.

Le père Lazette l'avait mis au collège de L'Assomption, d'où il s'était échappé pour aller à Montréal l'aire un métier quelconque. Et puis il avait passé deux saisons dans les chantiers et était revenu chez son père qui se faisait vieux, pour diriger les travaux de la ferme.

Fanfan était un rude gars au travail, il fallait lui donner cela, et il besognait comme quatre lorsqu'il s'y mettait; mais il était journalier, comme on dit au pays, et il faisait assez souvent des neuvaines qui n'étaient pas toujours sous l'invocation de saint François-Xavier.

Comme il faisait tout à sa tête, il avait pris pour habitude de ne faire ses pâques qu'après la période de rigueur, et il mettait une espèce de fanfaronnade à ne s'approcher des sacrements qu'après que tous les fidèles s'étaient mis en règle avec les commandements de l'Église.

Bref, Fanfan était un luron que les commères du village traitaient de *pendard*, que les mamans qui avaient des filles à marier craignaient comme la peste et qui passait, selon les lieux où on s'occupait de sa personne, pour un bon diable ou pour un mauvais garnement.

Pierriche Desrosiers et Maxime Sanssouci se levèrent pour lui souhaiter la bienvenue et pour l'inviter à prendre un coup, qu'il s'empressa de ne pas refuser.

—Et maintenant, Fanfan, raconte-nous ton histoire de bête à grand'queue. Maxime veut faire l'incrédule et prétend que tu veux nous en faire accroire.

—Ouidà, oui! Eh bien, tout ce que je peux vous dire, c'est que si c'eût été Maxime Sanssouci qui eut rencontré la bête au lieu de moi, je crois qu'il ne resterait plus personne pour raconter l'histoire, au jour d'aujourd'hui.

Et, s'adressant à Maxime Sanssouci:

—Et toi, mon p'tit Maxime, tout ce que je te souhaite, c'est de ne jamais te trouver en pareille compagnie; tu n'as pas les bras assez longs, les reins assez solides et le corps assez raide pour te tirer d'affaire dans une pareille rencontre. Écoute-moi bien et tu m'en diras des nouvelles ensuite.

Et puis:

—André, trois verres de Molson réduit.

III

—D'abord, je n'ai pas d'objection à reconnaître qu'il y a plus de sept ans que je fais des pâques de renard et même, en y réfléchissant bien, j'avouerai que j'ai même passé deux ans sans faire de pâques du tout, lorsque j'étais dans les chantiers. J'avais donc ce qu'il fallait pour rencontrer la bête, s'il faut en croire Baptiste Gallien, qui a étudié ces choses-là dans les gros livres qu'il a trouvés chez le notaire Latour.

Je me moquais bien de la chose auparavant; mais, lorsque je vous aurai raconté ce qui vient de m'arriver à Dautraye, dans la nuit de samedi à dimanche, vous m'en direz des nouvelles. J'étais parti samedi matin avec vingt-cinq poches d'avoine pour aller les porter à Berthier chez Rémi Tranchemontagne et pour en rapporter quelques marchandises: un p'tit baril de mélasse, un p'tit quart de cassonade, une meule de fromage, une dame-jeanne de jamaïque et quelques livres de thé pour nos provisions d'hiver. Le grand Sem à Gros-Louis Champagne m'accompagnait et nous faisions le voyage en grand'charette avec ma pouliche blonde—la meilleure bête de la paroisse, sans me vanter, ni la pouliche non plus. Nous étions à Berthier sur les onze heures de la matinée et, après avoir réglé nos affaires chez Tranchemontagne, déchargé notre avoine, rechargé nos provisions, il ne nous restait plus qu'à prendre un p'tit coup en attendant la fraîche du soir pour reprendre la route de Lanoraie. Le grand Sem Champagne fréquente une petite Laviolette de la petite rivière de Berthier, et il partit à l'avance pour aller farauder sa prétendue jusqu'à l'heure du départ.

Je devais le prendre en passant, sur les huit heures du soir, et, pour tuer le temps, j'allai rencontrer des connaissances chez Jalbert, chez Gagnon et chez Guilmette, où nous payâmes chacun une tournée, sans cependant nous griser sérieusement ni les uns ni les autres. La journée avait été belle, mais, sur le soir, le temps devint lourd et je m'aperçus que nous ne tarderions pas à avoir de l'orage. Je serais bien parti vers les six heures, mais j'avais donné rendez-vous au grand Sem à huit heures et je ne voulais pas déranger un garçon qui *gossait* sérieusement et pour le bon motif. J'attendis donc patiemment et je donnai une bonne portion à ma pouliche, car j'avais l'intention de retourner à Lanoraie sur un bon train. À huit heures précises, j'étais à la petite rivière, chez le père Laviolette, où il me fallut descendre prendre un coup et saluer la compagnie. Comme on ne part jamais sur une seule jambe, il fallut en prendre un deuxième pour rétablir l'équilibre, comme dit Baptiste Gallien, et après avoir dit le bonsoir à tout le monde, nous prîmes le Chemin du Roi. La pluie ne tombait pas encore, mais il était facile de voir qu'on aurait une tempête avant longtemps et je fouettai ma pouliche dans l'espoir d'arriver chez nous avant le grain.

En entrant chez le père Laviolette, j'avais bien remarqué que Sem avait pris un coup de trop; et c'est facile à voir chez lui, car vous savez qu'il a les yeux comme une morue gelée, lorsqu'il se met en fête, mais les deux derniers coups du départ le finirent complètement et il s'endormit comme une marmotte au mouvement de la charrette. Je lui plaçai la tête sur une botte de foin que j'avais au fond de la voiture et je partis grand train. Mais j'avais à peine fait une demi-lieue, que la tempête éclata avec une fureur terrible. Vous vous rappelez la tempête de samedi dernier. La pluie tombait à torrents, le vent sifflait dans les arbres et ce n'est que par la lueur des éclairs que j'entrevoyais parfois la route. Heureusement que ma pouliche avait l'instinct de me tenir dans le milieu du chemin, car il faisait noir comme dans un four. Le grand Sem dormait toujours, bien qu'il fût trempé comme une lavette. Je n'ai pas besoin de vous dire que j'étais dans le même état. Nous arrivâmes ainsi jusque chez Louis Trempe dont j'aperçus la maison jaune à la lueur d'un éclair qui m'aveugla, et qui fut suivi d'un coup de tonnerre qui fit trembler ma bête et la fit s'arrêter tout court. Sem lui-même s'éveilla de sa léthargie et poussa un gémissement suivi d'un cri de terreur:

—Regarde, Fanfan! la bête à grand'queue!

Je me retournai pour apercevoir derrière la voiture deux grands yeux qui brillaient comme des tisons et, tout en même temps, un éclair me fit voir un animal qui poussa un hurlement de *bête-à-sept-têtes* en se battant les flancs d'une queue rouge de six pieds de long.—J'ai la queue chez moi et je vous la montrerai quand vous voudrez!—Je ne suis guère peureux de ma nature, mais j'avoue que me voyant ainsi, à la noirceur, seul avec un homme saoul, au milieu d'une tempête terrible et en face d'une bête comme ça, je sentis un frisson me passer dans le dos et je lançai un grand coup de fouet à ma jument qui partit comme une flèche. Je vis que j'avais la double chance de me casser le cou dans une coulée ou en roulant en bas de la côte, ou bien de me trouver face à face avec cette fameuse bête à grand'queue dont on m'avait tant parlé, mais à laquelle je croyais à peine. C'est alors que toutes mes pâques de renard me revinrent à la mémoire et je promis bien de faire mes devoirs comme tout le monde, si le bon Dieu me tirait de là. Je savais bien que le seul moyen de venir à bout de la bête, si ça en venait à une prise de corps, c'était de lui couper la queue au ras du trognon, et je m'assurai que j'avais bien dans ma poche un bon couteau à ressort de chantier qui coupait comme un rasoir. Tout cela me passa par la tête dans un instant pendant que ma jument galopait comme une déchaînée et que le grand Sem Champagne, à moitié dégrisé par la peur, criait:

—Fouette, Fanfan! la bête nous poursuit. J'lui vois les yeux dans la noirceur.

Et nous allions un train d'enfer. Nous passâmes le village des Blais et il fallut nous engager dans la route qui longe le manoir de Dautraye. La route est étroite, comme vous savez. D'un côté, une haie en hallier bordée d'un fossé assez profond sépare le parc du chemin, et de l'autre, une rangée de grands arbres longe la côte jusqu'au pont de Dautraye. Les éclairs pénétraient à peine à travers le feuillage des arbres et le moindre écart de la pouliche devait nous jeter dans le fossé du côté du manoir, ou briser la charrette en morceaux sur les troncs des grands arbres. Je dis à Sem:

—Tiens-toi bien mon Sem! Il va nous arriver un accident.

Et vlan! patatras! un grand coup de tonnerre éclate et voilà la pouliche affolée qui se jette à droite dans le fossé, et la charrette qui se trouve sens dessus dessous. Il faisait une noirceur à ne pas se voir le bout du nez, mais, en me relevant tant bien que mal, j'aperçus au-dessus de moi les deux yeux de la bête qui s'était arrêtée et qui me reluquait d'un air féroce. Je me tâtai pour voir si je n'avais rien de cassé. Je n'avais aucun mal et ma première idée fut de saisir l'animal par la queue et de me garer de sa gueule de possédé. Je me traînai en rampant, et, tout en ouvrant mon couteau à ressort que je plaçai dans ma ceinture, et au moment où la bête s'élançait sur moi en poussant un rugissement infernal, je fis un bond de côté et l'attrapai par la queue que j'empoignai solidement de mes deux mains. Il fallait voir la lutte qui s'ensuivit. La bête, qui sentait bien que je la tenais par le bon bout, faisait des sauts terribles pour me faire lâcher prise, mais je me cramponnais comme un désespéré. Et cela dura pendant au moins un quart d'heure. Je volais à droite, à gauche, comme une casserole au bout de la queue d'un chien, mais je tenais bon. J'aurais bien voulu saisir mon couteau pour la couper, cette maudite queue, mais impossible d'y penser tant que la charogne se démènerait ainsi. À la fin, voyant qu'elle ne pouvait pas me faire lâcher prise, la voilà partie sur la route au triple galop, et moi par derrière, naturellement.

Je n'ai jamais voyagé aussi vite que cela de ma vie. Les cheveux m'en frisaient en dépit de la pluie qui tombait toujours à torrents. La bête poussait des beuglements pour m'effrayer davantage et, à la faveur d'un éclair, je m'aperçus que nous filions vers le pont de Dautraye. Je pensais bien à mon couteau, mais n'osais pas me risquer d'une seule main, lorsqu'en arrivant au pont, la bête tourna vers la gauche et tenta d'escalader la palissade. La maudite voulait sauter à l'eau pour me noyer. Heureusement que son premier saut ne réussit pas, car, avec l'erre d'aller que j'avais acquise, j'aurais certainement fait le plongeon. Elle recula pour prendre un nouvel élan et c'est ce qui me donna ma chance. Je saisis mon couteau de la main droite et, au moment où elle sautait, je réunis tous mes efforts, je frappai juste et la queue me resta dans la main. J'étais délivré et j'entendis la charogne qui se débattait dans les eaux de la rivière Dautraye et qui finit par disparaître avec le courant. Je me rendis au moulin où je racontai mon affaire au meunier et nous examinâmes ensemble la queue que j'avais apportée. C'était une queue longue de cinq à six pieds, avec un bouquet de poil au bout, mais une queue rouge écarlate; une vraie queue de possédée, quoi!

La tempête s'était apaisée et à l'aide d'un fanal, je partis à la recherche de ma voiture que je trouvai embourbée dans un fossé de la route, avec le grand Sem Champagne qui, complètement dégrisé, avait dégagé la pouliche et travaillait à ramasser mes marchandises que le choc avait éparpillées sur la route.

Sem fut l'homme le plus étonné du monde de me voir revenir sain et sauf, car il croyait bien que c'était le diable en personne qui m'avait emporté.

Après avoir emprunté un harnais au meunier pour remplacer le nôtre, qu'il avait fallu couper pour libérer la pouliche, nous reprîmes la route du village où nous arrivâmes sur l'heure de minuit.

—Voilà mon histoire et je vous invite chez moi un de ces jours pour voir la queue de la bête. Baptiste Lambert est en train de l'empailler pour la conserver.

V

Le récit qui précède donna lieu, quelques jours plus tard, à un démêlé resté célèbre dans les annales criminelles de Lanoraie. Pour empêcher un vrai procès et les frais ruineux qui s'ensuivent, on eut recours à un arbitrage dont voici le procès-verbal:

"Ce septième jour de novembre 1856, à 3 heures de relevée, nous soussignés, Jean-Baptiste Gallien, instituteur diplômé et maître-chantre de la paroisse de Lanoraie, Onésime Bombenlert, bedeau de la dite paroisse, et Damase Briqueleur, épicier, ayant été choisis comme arbitres du plein gré des intéressés en cette cause, avons rendu la sentence d'arbitrage qui suit dans le différend survenu entre François-Xavier Trempe, surnommé Francis Jean-Jean et Joseph, surnommé Fanfan Lazette.

Le sus-nommé F.-X. Trempe revendique des dommages-intérêts, au montant de cent francs, au dit Fanfan Lazette, en l'accusant d'avoir coupé la queue de son taureau rouge dans la nuit du samedi 3 octobre dernier, et d'avoir ainsi causé la mort du dit taureau d'une manière cruelle, illégale et subreptice, sur le pont de la rivière Dautraye, près du manoir des seigneurs de Lanoraie.

Le dit Fanfan Lazette nie d'une manière énergique l'accusation dudit F.-X. Trempe et la déclare malicieuse et irrévérencieuse, au plus haut degré. Il reconnaît avoir coupé la queue d'un animal connu dans nos campagnes sous le nom de *bête à grand'queue* dans des conditions fort dangereuses pour sa vie corporelle et pour le salut de son âme, mais cela à son corps défendant et parce que c'est le seul moyen reconnu de se débarrasser de la bête.

Et les deux intéressés produisent chacun un témoin pour soutenir leurs prétentions, tel que convenu dans les conditions d'arbitrage.

Le nommé Pierre Busseau, engagé au service du dit F.-X. Trempe, déclare que la queue produite par le susdit Fanfan Lazette lui paraît être la queue du défunt taureau de son maître, dont il a trouvé la carcasse échouée sur la grève, quelques jours auparavant, dans un état avancé de décomposition. Le taureau est précisément disparu dans la nuit du 3 octobre, date où le dit Fanfan Lazette prétend avoir rencontré la *bête à grand'queue*. Et ce qui le confirme dans sa conviction, c'est la couleur de la susdite queue du susdit taureau qui, quelques jours auparavant, s'était amusé à se gratter sur une barrière récemment peinte en vermillon.

Et se présente ensuite le nommé Sem Champagne, surnommé Sem-à-gros-Louis, qui désire confirmer de la manière la plus absolue les déclarations de Fanfan Lazette, car il était avec lui pendant la tempête du 3 octobre et il a aperçu et vu distinctement la *bête à grand'queue* telle que décrite dans la déposition du dit Lazette.

En vue de ces témoignages et dépositions et:

Considérant que l'existence de la *bête à grand' queue* a été de temps immémoriaux reconnue comme réelle, dans nos campagnes, et que le seul moyen de se protéger contre la susdite bête est de lui couper la queue comme paraît l'avoir fait si bravement Fanfan Lazette, un des intéressés en cette cause;

Considérant, d'autre part, qu'un taureau rouge appartenant à F.-X. Trempe est disparu à la même date et que la carcasse a été trouvée, échouée et sans queue, sur la grève du Saint-Laurent par le témoin Pierre Busseau, quelques jours plus tard;

Considérant qu'en face de témoignages aussi contradictoires il est fort difficile de faire plaisir à tout le monde, tout en restant dans les limites d'une décision péremptoire;

Décidons:

1. Qu'à l'avenir le dit Fanfan Lazette soit forcé de faire ses pâques dans les conditions voulues par notre Sainte Mère l'Église, ce qui le protégera contre la rencontre des loups-garous, bêtes à grand'queue et feux follets quelconques, en allant à Berthier ou ailleurs.

2. Que le dit F.-X. Trempe soit forcé de renfermer ses taureaux de manière à les empêcher de fréquenter les chemins publics et de s'attaquer aux passants dans les ténèbres, à des heures indues du jour et de la nuit.

3. Que les deux intéressés en cette cause, les susdits Fanfan Lazette et F.-X. Trempe soient condamnés à prendre la queue coupée par Fanfan Lazette et à la mettre en loterie parmi les habitants de la

paroisse afin que la somme réalisée nous soit remise à titre de compensation pour notre arbitrage, pour suivre la bonne tradition qui veut que, dans les procès douteux, les juges et les avocats soient rémunérés, quel que soit le sort des plaideurs qui sont renvoyés dos à dos, chacun payant les frais.

En foi de quoi nous avons signé,

JEAN-BAPTISLE GALLIEN,
ONESIME BOMBENLERT,
DAMASE BRIQUELEUR.

Pour copie conforme: H. Beaugrand.

MACLOUNE

I

Bien qu'on lui eût donné, au baptême, le prénom de Maxime, tout le monde au village l'appelait *Macloune*.

Et tout cela, parce que sa mère, Marie Gallien, avait un défaut d'articulation qui l'empêchait de prononcer distinctement son nom. Elle disait *Macloune* au lieu de Maxime, et les villageois l'appelaient comme sa mère.

C'était un pauvre hère qui était né et qui avait grandi dans la plus profonde et dans la plus respectable misère.

Son père était un brave batelier qui s'était noyé alors que Macloune était encore au berceau, et la mère avait réussi tant bien que mal, en allant en journée à droite et à gauche, à traîner une pénible existence et à réchapper la vie de son enfant qui était né rachitique et qui avait vécu et grandi, en dépit des prédictions de toutes les commères des alentours.

Le pauvre garçon était un monstre de laideur. Mal fait au possible, il avait un pauvre corps malingre auquel se trouvaient tant bien que mal attachés de longs bras et de longues jambes grêles qui se terminaient par des pieds et des mains qui n'avaient guère semblance humaine. Il était bancal, boiteux, tortu-bossu comme on dit dans nos campagnes, et le malheureux avait une tête à l'avenant: une véritable tête de macaque en rupture de ménagerie. La nature avait oublié de le doter d'un menton, et deux longues dents jaunâtres sortaient d'un petit trou circulaire qui lui tenait lieu de bouche comme des défenses de bête féroce. Il ne pouvait pas mâcher ses aliments et c'était une curiosité que de le voir manger.

Son langage se composait de phrases incohérentes et de sons inarticulés qu'il accompagnait d'une pantomime très expressive. Et il parvenait assez facilement à se faire comprendre, même de ceux qui l'entendaient pour la première fois.

En dépit de cette laideur vraiment repoussante et de cette difficulté de langage, Macloune était adoré par sa mère et aimé de tous les villageois.

C'est qu'il était aussi bon qu'il était laid, et il avait deux grands yeux bleus qui vous fixaient comme pour vous dire:

—C'est vrai! je suis bien horrible à voir, mais, tel que vous me voyez, je suis le seul support de nia vieille mère malade et, si chétif que je sois, il me faut travailler pour lui donner du pain.

Et pas un gamin, même les plus méchants, aurait osé se moquer de sa laideur ou abuser de sa faiblesse.

Et puis, on le prenait en pitié parce que l'on disait au village qu'une sauvagesse avait jeté un *sort* à Marie Gallien, quelques mois avant la naissance de Macloune. Cette sauvagesse était une faiseuse de paniers qui courait les campagnes et qui s'enivrait, dès qu'elle avait pu amasser assez de gros sous pour acheter une bouteille de whisky, et c'était alors une orgie qui restait à jamais gravée dans la mémoire de ceux qui en étaient témoins.

La malheureuse courait par les rues en poussant des cris de bête fauve et en s'arrachant les cheveux. Il faut avoir vu des sauvages sous l'influence de l'alcool pour se faire une idée de ces scènes vraiment infernales. C'est dans une de ces occasions que la sauvagesse avait voulu forcer la porte de la maisonnette de Marie Gallien et qu'elle avait maudit la pauvre femme, demi morte de peur, qui avait refusé de la laisser entre chez elle.

Et l'on croyait généralement au village que c'était la malédiction de la sauvagesse qui était la cause de la laideur de ce pauvre Macloune. On disait aussi, mais sans l'affirmer catégoriquement, qu'un quêteux de Saint-Michel de Yamaska qui avait la réputation d'être un peu sorcier, avait jeté un autre sort à Marie Gallien parce que la pauvre femme n'avait pu lui faire l'aumône, alors qu'elle était elle-même dans la plus grande misère, pendant ses relevailles, après la naissance de son enfant.

II

Macloune avait grandi en travaillant, se rendait utile lorsqu'il le pouvait et toujours prêt à rendre service, à faire une commission, ou à prêter la main lorsque l'occasion se présentait. Il n'avait jamais été à l'école et ce n'est que très tard, à l'âge de treize ou quatorze ans, que le curé du village lui avait permis de faire sa première communion. Bien qu'il ne fût pas ce que l'on appelle un simple d'esprit, il avait poussé un peu à la diable et son intelligence qui n'était pas très vive n'avait jamais été cultivée. Dès l'âge de dix ans, il aidait déjà sa mère à faire bouillir la marmite et à amasser la provision de bois de chauffage pour l'hiver.

C'était généralement sur la grève du Saint-Laurent qu'il passait des heures entières à recueillir les bois flottants qui descendaient avec le courant pour s'échouer sur la rive.

Macloune avait développé de bonne heure un penchant pour le commerce et le brocantage et ce fut un grand jour pour lui lorsqu'il put se rendre à Montréal pour y acheter quelques articles de vente facile, comme du fil, des aiguilles, des boutons, qu'il colportait ensuite dans un panier avec des bonbons et des fruits. Il n'y eut plus de misère dans la petite famille à dater de cette époque, mais le pauvre garçon avait compté sans la maladie, qui commença à s'attaquer à son pauvre corps, déjà si faible et si cruellement éprouvé.

Mais Macloune était brave, et il n'y avait guère de temps qu'on ne l'aperçût sur le quai, au débarcadère des bateaux à vapeur, les jours de marché, ou avant et après la grand'messe, tous les dimanches et fêtes de l'année. Pendant les longues soirées d'été, il faisait la pêche dans les eaux du fleuve, et il était devenu d'une habileté peu commune pour conduire un canot, soit à l'aviron pendant les jours de calme, soit à la voile lorsque les vents étaient favorables. Pendant les grandes brises du nord-est, on apercevait parfois Macloune seul, dans son canot, les cheveux au vent, louvoyant en descendant le fleuve ou filant vent arrière vers les îles de Contrecœur.

Pendant la saison des fraises, des framboises et des *bluets*, il avait organisé un petit commerce de gros qui lui rapportait d'assez beaux bénéfices. Il achetait ces fruits des villageois pour aller les revendre sur les marchés de Montréal. C'est alors qu'il fit la connaissance d'une pauvre fille qui lui apportait ses *bluets* de la rive opposée du fleuve, où elle habitait, dans la concession de la Petite-Misère.

III

La rencontre de cette fille fut toute une révélation dans l'existence du pauvre Macloune. Pour la première fois il avait osé lever les yeux sur une femme et il en devint éperdument amoureux.

La jeune fille, qui s'appelait Marie Joyelle, n'était ni riche ni belle. C'était une pauvre orpheline maigre, chétive, épuisée par le travail, qu'un oncle avait recueillie par charité et que l'on faisait travailler comme une esclave en échange d'une maigre pitance et de vêtements de rebut qui suffisaient à peine pour la couvrir décemment. La pauvrette n'avait jamais porté de chaussures de sa vie et un petit châle noir à carreaux rouges servait à lui couvrir la tête et les épaules.

Le premier témoignage d'affection que lui donna Macloune fut l'achat d'une paire de souliers et d'une robe d'indienne à ramages, qu'il apporta un jour de Montréal et qu'il offrit timidement à la pauvre fille, en lui disant, dans son langage particulier:

—Robe, mam'selle, souliers, mam'selle. Macloune achète ça pour vous. Vous prendre, hein?

Et Marie Joyelle avait accepté simplement devant le regard d'inexprimable affection dont l'avait enveloppée Macloune en lui offrant son cadeau.

C'était la première fois que la pauvre Marichette, comme on l'appelait toujours, se voyait l'objet d'une offrande qui ne provenait pas d'un sentiment de pitié. Elle avait compris Macloune, et sans s'occuper de sa laideur et de son baragouinage, son cœur avait été profondément touché.

Et à dater de ce jour Macloune et Marichette s'aimèrent, comme on s'aime lorsqu'on a dix-huit ans, oubliant que la nature avait fait d'eux des êtres à part qu'il ne fallait même pas penser à unir par le mariage.

Macloune dans sa franchise et dans sa simplicité raconta à sa mère ce qui s'était passé, et la vieille Marie Gallien trouva tout naturel que son fils eût choisi une bonne amie et qu'il pensât au mariage.

Tout le village fut bientôt dans le secret, car le dimanche suivant Macloune était parti de bonne heure dans son canot pour se rendre à la Petite-Misère dans le but de prier Marichette de l'accompagner à la grand'messe à Lanoraie. Et celle-ci avait accepté sans se faire prier, trouvant la demande absolument naturelle, puisqu'elle avait accepté Macloune comme son cavalier en recevant ses cadeaux.

Marichette se fit belle pour l'occasion. Elle mit sa robe à ramages et ses souliers français; il ne lui manquait plus qu'un chapeau à plumes comme en portaient les filles de Lanoraie, pour en faire une demoiselle à la mode. Son oncle, qui l'avait recueillie, était un pauvre diable qui se trouvait à la tête d'une nombreuse famille et qui ne demandait pas mieux que de s'en débarrasser en la mariant au premier venu; et autant, pour lui, valait Macloune qu'un autre.

Il faut avouer qu'il se produisit une certaine sensation, dans le village, lorsque sur le troisième coup de la grand'messe Macloune apparut donnant le bras à Marichette. Tout le monde avait trop d'affection pour le pauvre garçon pour se moquer de lui ouvertement, mais on se détourna la tête pour cacher des sourires qu'on ne pouvait supprimer entièrement.

Les deux amoureux entrèrent dans l'église sans paraître s'occuper de ceux qui s'arrêtaient pour les regarder, et allèrent se placer à la tête de la grande allée centrale, sur des bancs de bois réservés aux pauvres de la paroisse.

Et là, sans tourner la tête une seule fois, et sans s'occuper de l'effet qu'ils produisaient, ils entendirent la messe avec la plus grande piété.

Ils sortirent de même qu'ils étaient entrés, comme s'ils eussent été seuls au monde et ils se rendirent tranquillement à pas mesurés, chez Marie Gallien où les attendait le dîner du dimanche.

—Macloune a fait une "blonde"! Macloune va se marier!

—Macloune qui fréquente la Marichette!

Et les commentaires d'aller leur train parmi la foule qui se réunit toujours à la fin de la grand'messe, devant l'église paroissiale, pour causer des événements de la semaine.

—C'est un brave et honnête garçon, disait un peu tout le monde, mais il n'y avait pas de bon sens pour un singe comme lui, de penser au mariage.

C'était là le verdict populaire!

Le médecin qui était célibataire et qui dînait chez le curé tous les dimanches, lui souffla un mot de la chose pendant le repas, et il fut convenu entre eux qu'il fallait empêcher ce mariage à tout prix. Ils pensaient que ce serait un crime de permettre à Macloune malade, infirme, rachitique et difforme comme il l'était, de devenir le père d'une progéniture qui serait vouée d'avance à une condition d'infériorité intellectuelle et de décrépitude physique. Rien ne pressait cependant et il serait toujours temps d'arrêter le mariage lorsqu'on viendrait mettre les bans à l'église.

Et puis! ce mariage; était-ce bien sérieux, après tout?

IV

Macloune, qui ne causait guère que lorsqu'il y était forcé par ses petites affaires, ignorait tous les complots que l'on tramait contre son bonheur. Il vaquait à ses occupations, selon son habitude, mais chaque soir, à la faveur de l'obscurité, lorsque tout reposait au village, il montait dans son canot et traversait à la Petite-Misère, pour y rencontrer Marichette qui l'attendait sur la falaise afin de l'apercevoir de plus loin. Si pauvre qu'il fût, il trouvait toujours moyen d'apporter un petit cadeau à sa bonne amie: un bout de ruban, un mouchoir de coton, un fruit, un bonbon qu'on lui avait donné et qu'il avait conservé, quelques fleurs sauvages qu'il avait cueillies dans les champs ou sur les bords de la grande route. Il offrait cela avec toujours le même:

—Bôjou Maïchette!

—Bonjour Macloune!

Et c'était là toute leur conversation. Ils s'asseyaient sur le bord du canot que Macloune avait tiré sur la grève et ils attendaient là, quelquefois pendant une heure entière, jusqu'au moment où une voix de femme se faisait entendre de la maison.

—Marichette! oh! Marichette!

C'était la tante qui proclamait l'heure de rentrer pour se mettre au lit.

Les deux amoureux se donnaient tristement la main en se regardant fixement, les yeux dans les yeux et:

—Bôsoi Maïchette!

—Bonsoir Macloune!

Et Marichette rentrait au logis et Macloune retournait à Lanoraie.

Les choses se passaient ainsi depuis plus d'un mois, lorsqu'un soir Macloune arriva plus joyeux que d'habitude.

—Bôjou Maïchette!

—Bonjour Macloune!

Et le pauvre infirme sortit de son gousset une petite boîte en carton blanc d'où il tira un jonc d'or bien modeste qu'il passa au doigt de la jeune fille.

—Nous autres, mariés à Saint-Michel. Hein! Maïchette!

—Oui, Macloune! quand tu voudras.

Et les deux pauvres déshérités se donnèrent un baiser bien chaste pour sceller leurs fiançailles.

Et ce fut tout.

Le mariage étant décidé pour la Saint-Michel, il n'y avait plus qu'à mettre les bans à l'église. Les parents consentaient au mariage et il était bien inutile de voir le notaire pour le contrat, car les deux époux commenceraient la vie commune dans la misère et dans la pauvreté. Il ne pouvait être question d'héritage, de douaire et de séparation ou de communauté de biens.

Le lendemain, sur les quatre heures de relevée, Macloune mit ses habits des dimanches et se dirigea vers le presbytère où il trouva le curé qui se promenait dans les allées de son jardin, en récitant son bréviaire.

—Bonjour Maxime!

Le curé seul, au village, l'appelait de son véritable prénom.

—Bôjou mosieur curé!

—J'apprends, Maxime, que tu as l'intention de te marier.

—Oui! mosieur curé.

—Avec Marichette Joyelle de Contrecœur!

—Oui! mosieur curé.

—Il n'y faut pas penser, mon pauvre Maxime. Tu n'as pas les moyens de faire vivre une femme. Et ta pauvre mère, que deviendrait-elle sans toi pour lui donner du pain!

Macloune, qui n'avait jamais songé qu'il pût y avoir des objections à son mariage, regarda le curé d'un air désespéré, de cet air d'un chien fidèle qui se voit cruellement frappé par son maître, sans comprendre pourquoi on le maltraite ainsi.

—Eh non! mon pauvre Maxime, il n'y faut pas penser. Tu es faible, maladif. Il faut remettre cela à plus tard, lorsque tu seras en âge.

Macloune, atterré, ne pouvait pas répondre. Le respect qu'il avait pour le curé l'en aurait empêché, si un sanglot qu'il ne put comprimer et qui l'étreignait à la gorge, ne l'eut mis dans l'impossibilité de prononcer une seule parole.

Tout ce qu'il comprenait c'est qu'on allait l'empêcher d'épouser Marichette et dans sa naïve crédulité il considérait l'arrêt comme fatal. Il jeta un long regard de reproche sur celui qui sacrifiait ainsi son bonheur, et, sans songer à discuter le jugement qui le frappait si cruellement, il partit en courant vers la grève qu'il suivit, pour rentrer à la maison, afin d'échapper à la curiosité des villageois qui l'auraient vu pleurer. Il se jeta dans les bras de sa mère qui ne comprenait rien à sa peine. Le pauvre infirme sanglota ainsi pendant une heure et aux questions réitérées de sa mère ne put que répondre:

—Mosieur curé veut pas moi marier Maïchette. Moi mourir, maman!

Et c'est en vain que la pauvre femme, dans son langage baroque, tenta de le consoler. Elle irait elle-même voir le curé et lui expliquerait la chose. Elle ne voyait pas pourquoi on voulait empêcher son Macloune d'épouser celle qu'il aimait.

V

Mais Macloune était inconsolable. Il ne voulut rien manger au repas du soir et, aussitôt l'obscurité venue, il prit son aviron et se dirigea vers la grève, dans l'intention de traverser à la Petite-Misère pour y voir Marichette.

Sa mère tenta de le dissuader car le ciel était lourd, l'air était froid et de gros nuages roulaient à l'horizon. On allait avoir de la pluie et peut-être du gros vent. Mais Macloune n'entendit point, ou fit semblant de ne pas comprendre les objections de sa mère. Il l'embrassa tendrement en la serrant dans ses bras et, sautant dans son canot, il disparut dans la nuit sombre.

Marichette l'attendait sur la rive à l'endroit ordinaire. L'obscurité l'empêcha de remarquer la figure bouleversée de son ami et elle s'avança vers lui avec la salutation accoutumée:

—Bonjour Macloune!

—Bôjou Maïchette!

Et la prenant brusquement dans ses bras, il la serra violemment contre sa poitrine, en balbutiant des phrases incohérentes, entrecoupées de sanglots déchirants:

—Tu sais Maïchette... Mosieu curé veut pas nous autres marier... to pauvre, nous autres... to laid, moi... to laid... to laid, pour marier toi... moi veux plus vivre... moi veux mourir.

Et la pauvre Marichette, comprenant le malheur terrible qui les frappait, mêla ses pleurs aux plaintes et aux sanglots du malheureux Macloune.

Et ils se tenaient embrassés dans la nuit noire, sans s'occuper de la pluie qui commençait à tomber à torrents et du vent froid du nord qui gémissait dans les grands peupliers qui bordent la côte.

Des heures entières se passèrent. La pluie tombait toujours; le fleuve agité par la tempête était couvert d'écume et les vagues déferlaient sur la grève en venant couvrir, par intervalle, les pieds des amants qui pleuraient et qui balbutiaient des lamentations plaintives en se tenant embrassés.

Les pauvres enfants étaient trempés par la pluie froide, mais ils oubliaient tout dans leur désespoir. Ils n'avaient ni l'intelligence de discuter la situation, ni le courage de secouer la torpeur qui les envahissait.

Ils passèrent ainsi la nuit et ce n'est qu'aux premières lueurs du jour qu'ils se séparèrent dans une étreinte convulsive. Ils grelottaient en s'embrassant, car les pauvres haillons qui les couvraient les protégeaient à peine contre la bise du nord qui soufflait toujours en tempête.

Était-ce par pressentiment ou simplement par désespoir qu'ils se dirent:

—Adieu, Macloune!

—Adieu, Maïchette!

Et la pauvrette, trempée et transie jusqu'à la moëlle, claquant des dents, rentra chez son oncle où l'on ne s'était pas aperçu de son absence, tandis que Macloune lançait son canot dans les roulins et se dirigeait vers Lanoraie. Il avait vent contraire et il fallait toute son habileté pour empêcher la frêle embarcation d'être submergée dans les vagues.

Il en eut bien pour deux heures d'un travail incessant avant d'atteindre la rive opposée.

Sa mère avait passé la nuit blanche à l'attendre, dans une inquiétude mortelle. Macloune se mit au lit tout épuisé, grelottant, la figure enluminée par la fièvre; et tout ce que put faire la pauvre Marie Gallien pour réchauffer son enfant fut inutile.

Le docteur, appelé vers les neuf heures du matin, déclara qu'il souffrait d'une pleurésie mortelle et qu'il l'allait appeler le prêtre au plus tôt.

Le bon curé apporta le viatique au moribond qui gémissait dans le délire et qui balbutiait des paroles incompréhensibles. Macloune reconnut cependant le prêtre qui priait à ses côtés et il expira en jetant sur lui un regard de doux reproche et d'inexprimable désespérance et en murmurant le nom de Marichette.

VI

Un mois plus tard, à la Saint-Michel, le corbillard des pauvres conduisait au cimetière de Contrecœur Marichette Joyelle, morte de phtisie galopante chez son oncle de la Petite-Misère.

Ces deux pauvres déshérités de la vie, du bonheur et de l'amour n'avaient même pas eu le triste privilège de se trouver réunis dans la mort, sous le même tertre, dans un coin obscur du même cimetière.

LE PÈRE LOUISON

I

C'était un grand vieux sec, droit comme une flèche, comme on dit au pays, au teint basané, et la tête et la figure couvertes d'une épaisse chevelure et d'une longue barbe poivre et sel.

Tous les villageois connaissaient le père Louison, et sa réputation s'étendait même aux paroisses voisines; son métier de canotier et de passeur le mettait en relations avec tous les étrangers qui voulaient traverser le Saint-Laurent, large en cet endroit d'une bonne petite lieue.

On l'avait surnommé le *Grand Tronc*, et c'était généralement par ce sobriquet cocasse qu'on le désignait lorsqu'on glosait sur son compte. Pourquoi le *Grand Tronc?* Mystère! car le père Louison n'avait rien pour rappeler cette voie ferrée qui provoquait de si acrimonieuses discussions dans les réunions politiques de l'époque. Quelques-uns disaient que le nom provenait de la longueur de son canot creusé tout d'une pièce dans un tronc d'arbre gigantesque.

Si tout le monde au village connaissait le *Grand Tronc*, personne ne pouvait en dire autant de son histoire.

Il était arrivé à L...., il y avait bien longtemps — les anciens disaient qu'il y avait au moins vingt-cinq ans — sans tambour ni trompette. Il avait acheté sur les bords du Saint-Laurent, tout près de la grève et à quelques arpents de l'église, un petit coin de terre grand comme la main, où il avait construit une misérable cahute sur les ruines d'une cabine de bateau qu'il avait trouvée, un beau matin, échouée sur une batture voisine.

Il gagnait péniblement sa vie à traverser les voyageurs d'une rive à l'autre du Saint-Laurent et à faire la pêche depuis la débâcle des glaces jusqu'aux derniers jours d'automne. Il était certain de prendre la première anguille, le premier doré, le premier achigan et la première alose de la saison. Il faisait aussi la chasse à l'outarde, au canard, au pluvier, à l'alouette et à la bécasse avec un long fusil à pierre qui paraissait dater du régime français.

On ne le rencontrait jamais sans qu'il eût, soit son aviron, soit son fusil, soit sa canne à pêche sur l'épaule et il allait tranquillement son chemin, répondant amicalement d'un signe de tête aux salutations amicales de la plupart et aux timides coups de chapeaux des enfants qui le considéraient bien tous comme un croquemitaine qu'il fallait craindre et éviter.

Si l'on ignorait sa véritable histoire, on ne s'en était pas moins fait un devoir religieux de lui en broder une, plutôt mauvaise que bonne, car le père Louison aimait et pratiquait trop la solitude pour être devenu populaire parmi les villageois. Il se contentait généralement d'aller offrir sa pêche ou sa chasse à ses clients ordinaires: le curé, le docteur, le notaire et le marchand du village, et si le poisson ou le gibier était exceptionnellement abondant, il allait écouler le surplus sur les marchés de Joliette, de Sorel et de Berthier.

Si on se permettait parfois de gloser sur son compte, on ne pouvait cependant pas l'accuser d'aucun méfait, car sa réputation d'intégrité était connue à dix lieues à la ronde. Il avait même risqué sa vie à plusieurs reprises pour sauver des imprudents ou des malheureux qui avaient failli périr sur les eaux du Saint-Laurent et il s'était notamment conduit avec la plus grande bravoure pendant une tempête de serouet qui avait jeté un grand nombre de bateaux à la côte, en volant à la rescousse des naufragés avec son grand canot.

M. le curé affirmait que le père Louison était un brave homme, qui s'acquittait avec la plus grande ponctualité de ses devoirs religieux. Toujours prêt à rendre un service qu'on lui demandait, il se faisait toutefois un devoir de ne jamais rien demander lui-même et c'était là probablement ce qu'on ne lui pardonnait pas. Le monde est si drôlement et si capricieusement égoïste.

Chaque soir, à la brunante des longs jours d'été, le vieillard allait mouiller son canot à deux ou trois encâblures de la rive, dans un endroit où il tendait son *varveau* ou ses lignes dormantes. Assis au milieu de son embarcation, il restait là dans la plus parfaite immobilité jusqu'à une heure avancée de la nuit. Sa silhouette se découpait d'abord, nette et précise sur le miroir du fleuve endormi, mais prenait bientôt des lignes indécises d'un tableau de Millet, dans l'obscurité, alors que l'on n'entendait plus que le murmure des petites vagues paresseuses qui venaient caresser le sable argenté de la grève.

La frayeur involontaire qu'inspirait le père Louison n'existait pas seulement chez les enfants, mais plus d'une fillette superstitieuse, en causant avec son amoureux, sous les grands peupliers qui bordent la côte, avait serré convulsivement le bras de son cavalier en voyant au large s'estomper le canot du vieux pêcheur dans les dernières lueurs crépusculaires.

Bref, le pauvre vieux était plutôt craint qu'aimé au village, et les gamins trottinaient involontairement lorsqu'ils apercevaient au loin sa figure taciturne.

II

Il y avait à L... un mauvais garnement, comme il s'en trouve dans tous les villages du monde, et ce gamin détestait tout particulièrement le père Louison dont il avait cependant une peur terrible. Le vieux pêcheur avait attrapé notre polisson un jour que celui-ci était e train de battre cruellement un vieux chien barbet qu'il avait inutilement tenté de noyer. Le vieillard avait tout simplement tiré les oreilles du gamin en le menaçant d faire connaître sa conduite à ses parents.

Or, le père du gamin en question était un mauvais coucheur nommé Rivet, qui cherchait plutôt qu'il n'évitait une querelle, et, un matin que le père Louison réparait tranquillement ses filets devant sa cabane, il s'entendit apostropher:

—Eh! dites donc, vous là, le *Grand Tronc*! qui est-ce qui vous a permis de mettre la main sur mon garçon?

Votre garçon battait cruellement un chien qu'il n'avait pu noyer, et j'ai cru vous rendre service en l'empêchant de martyriser un pauvre animal qui ne se défendait même pas.

—Ça n'était pas de vos affaires, répondit Rivet, et je ne sais pas ce qui me retient de vous faire payer tout de suite les tapes que vous avez données à mon fils.

Et l'homme élevait la voix d'un ton menaçant, et quelques curieux s'étaient déjà réunis pour savoir ce dont il s'agissait.

—Pardon, mon ami, répondit le vieillard tranquillement. Ce que j'ai fait, je l'ai fait pour bien faire, et vous savez de plus que je n'ai fait aucun mal à votre enfant.

—Ça ne fait rien. Vous n'aviez pas le droit de le toucher, et il s'avança la main haute sur le vieux pêcheur qui continuait tranquillement à refaire les mailles de son filet. Le vieillard leva les yeux, alors qu'il était trop tard pour parer un coup de poing qui l'atteignit en pleine figure, sans lui faire cependant grand mal.

Il fallut voir la transformation qui s'opéra dans toute la physionomie du père Louison à cet affront brutal. Il se redressa de toute sa hauteur, rejeta violemment le filet qu'il tenait des deux mains, et bondit comme une panthère sur l'audacieux qui venait de le frapper sans provocation.

Ses yeux lançaient des éclairs de colère, et avant qu'on eût pu l'en empêcher, il avait saisi son adversaire par les flancs et, le soulevant comme il aurait fait d'un enfant au-dessus de sa tête, et à la longueur de ses longs bras, il le lança avec une violence inouïe sur le sable de la grève, en poussant un mugissement de bête fauve.

Le pauvre diable, qui avait pensé s'attaquer à un vieillard impotent, venait de réveiller la colère et la puissance d'un hercule. Il tomba sans connaissance, incapable de se relever ou de faire le moindre mouvement.

Le père Louison le considéra pendant un instant, un seul, et, se précipitant sur lui, le ramassa de nouveau, en s'avançant vers les eaux du fleuve, le tint un instant suspendu en l'air et le rejeta avec force sur le sable mouillé et durci par les vagues. La victime était déjà à demi morte et s'écrasa avec un bruit mat, comme celui d'un sac de grain qu'on laisse tomber par terre.

Les spectateurs, qui devenaient nombreux, n'osaient pas intervenir et regardaient timidement cette scène tragique.

Avant même qu'on eût pu faire un pas pour l'arrêter, le vieux pêcheur s'était encore précipité sur Rivet et, cette fois, le tenant au bout de ses bras, il était entré dans l'eau, en courant, dans l'intention évidente de le noyer.

Une clameur s'éleva parmi la foule:

—Il va le noyer! il va le noyer!

Et, en effet, le père Louison avançait toujours dans les eaux qui lui montaient déjà jusqu'à la taille. Il n'allait plus si vite, mais il continua toujours jusqu'à ce qu'il en eût jusqu'aux aisselles; alors, balançant le pauvre Rivet deux ou trois fois au-dessus de sa tête, il le plongea dans le fleuve, à une profondeur où il aurait fallu être bon nageur pour pouvoir regagner la rive.

Le vieillard parut ensuite hésiter un instant, comme pour bien s'assurer que sa victime était disparue sous les eaux, puis il regagna le rivage à pas mesurés et alla s'enfermer dans sa misérable cabane, sans qu'aucun des curieux qui se trouvaient sur son passage eût osé lever la main ou même ouvrir la bouche pour demander grâce pour la vie du malheureux Rivet.

Dès que le père Louison eut disparu, tous se précipitèrent cependant vers les canots qui se trouvaient là, pour voler au secours du noyé qui n'avait pas encore reparu à la surface. Mais l'émotion du moment empêchait plutôt qu'elle n'accélérait les mouvements de ces hommes de bonne volonté, et le pauvre Rivet aurait certainement perdu la vie si des sauveteurs inattendus n'étaient venus à la rescousse.

Une *cage* descendait au large avec le courant et un canot d'écorce contenant deux hommes s'en était détaché. Il n'était plus qu'à deux ou trois arpents du rivage lorsque le père Louison s'était avancé dans le fleuve pour y précipiter son agresseur. Les deux hommes du canot avaient suivi toutes les péripéties du drame, et, au moment où le corps du pauvre Rivet reparaissait sur l'eau après quelques minutes d'immersion, ils purent le saisir par ses habits et le déposer dans leur embarcation, aux applaudissements de la foule qui grossissait toujours sur la rive.

Deux coups d'aviron vigoureusement donnés par les deux voyageurs firent atterrir le canot et l'on débarqua le corps inanimé du pauvre Rivet pour le déposer sur la grève en attendant l'arrivée du curé et du médecin qu'on avait envoyé chercher.

Ce n'était pas trop tôt, car l'asphyxie était presque complète, et il fallut recourir à tous les moyens que prescrit la science pour les secours aux noyés afin de ramener un signe de vie chez le malheureux Rivet dont la femme et les enfants étaient accourus sur les lieux et remplissaient l'air de leurs lamentations et de leurs cris de désespoir.

Le curé avait pris la précaution de donner l'absolution *in articulo mortis*, mais l'homme de science déclara avant longtemps qu'il y avait lieu d'espérer et l'on transporta le moribond chez lui, où il reçut la visite et les soins empressés de toutes les commères du village.

III

S'il était vrai que le père Louison jouissait de la réputation d'un homme paisible et inoffensif et que Rivet, au contraire, passait pour un homme grincheux et querelleur, une vengeance aussi terrible pour un simple coup de poing ne pouvait manquer, néanmoins, de produire une émotion générale chez tous les habitants de L...

Le curé, le notaire, le médecin et les autres notables de l'endroit se réunirent le même soir chez le capitaine de milice, qui était en même temps le magistrat de la paroisse, pour délibérer sur ce qu'il convenait de faire dans des circonstances aussi graves.

Il fut décidé de tenir une enquête dès le lendemain matin et d'appeler le père Louison à comparaître devant le magistrat, en attendant que le médecin pût se prononcer d'une manière définitive sur l'état du malade qui paraissait s'améliorer assez sensiblement, cependant, pour écarter toute idée de mort prochaine ou même probable.

Le bailli du village fut chargé d'aller prévenir le vieux pêcheur d'avoir à se présenter le lendemain matin à neuf heures, à la salle publique du village, où se tiendrait l'enquête préliminaire et cette nouvelle, jetée en pâture aux bonnes femmes, eut bientôt fait le tour du fort, comme on dit encore dans nos campagnes.

Le père Louison n'avait pas reparu depuis qu'il s'était renfermé dans sa cabane. Aussi n'était-ce pas sans un sentiment de terreur que le bailli s'était approché pour frapper à sa porte, afin de lui communiquer les ordres du magistrat.

—Monsieur Louison! monsieur Louison! fit-il, d'une voix basse et tremblante.

Mais à sa grande surprise la porte s'ouvrit immédiatement et le vieillard s'avança tranquillement:

—Qu'y a-t-il à votre service, Jean-Thomas?

—Monsieur le magistrat m'a dit de vous informer qu'il désirait vous voir, demain matin, à la salle publique pour... pour...

—Très bien, Jean-Thomas, dites à M. le magistrat que je serai là à l'heure voulue.

Et il referma tranquillement la porte, comme si rien d'extraordinaire n'était arrivé et comme s'il avait répondu à un client qui lui aurait demandé une brochée d'anguilles ou de *crapets*.

IV

Le lendemain, à l'heure dite, la salle publique était comble et le médecin annonça tout d'abord que Rivet continuait à prendre du mieux. Un soupir de soulagement s'échappa de toutes les poitrines et l'enquête commença.

Le père Louison avait été ponctuel à l'ordre du magistrat, mais il se tenait assis, seul, dans un coin, plié en deux, les coudes sur les genoux, et la tête dans les deux mains.

À l'appel du magistrat qui lui demanda de raconter les événements de la veille, tout en lui disant qu'il n'était pas forcé de s'incriminer, il se leva tranquillement et récita, les yeux baissés, et d'une voix navrante de regret et de honte, tout ce qui s'était passé, sans en oublier le moindre incident. Il termina par ces mots:

—Je me suis laissé emporter par un accès de colère insurmontable et je me suis comporté comme une brute et non comme un chrétien. Je vous en demande pardon, M. le magistrat, j'en demande pardon à Rivet et à sa famille et j'en demande pardon à MM. les habitants du village qui ont été témoins du grand scandale que j'ai causé par ma colère et par ma brutalité. Je remercie Dieu d'avoir épargné la vie de Rivet, et je suis prêt à subir le châtiment que j'ai mérité,

—Heureusement pour vous, père Louison, répondit le magistrat, que la vie de Rivet n'est pas en danger, car il m'aurait fallu vous envoyer en prison. Il faut cependant que votre déposition soit corroborée et je demande aux voyageurs qui ont sauvé Rivet de raconter ce qu'ils ont vu, ce qu'ils ont fait et ce qui s'est passé à leur connaissance, pendant l'affaire d'hier.

Le plus âgé des voyageurs, qui était un enfant de la paroisse revenant de passer l'hiver dans les chantiers de la Gatineau, raconta simplement les faits du sauvetage et corrobora la déposition du père Louison. Son compagnon, qui était aussi un homme de la soixantaine, s'avançait pour raconter son histoire, lorsqu'il se trouva face à face avec l'accusé qu'il n'avait pas encore vu. Il le regarda bien en face, hésita un instant, puis d'une voix où se mêlaient la crainte et l'étonnement:

—Louis Vanelet!

Le père Louison leva la tête dans un mouvement involontaire de terreur et regarda l'homme qui venait de prononcer ce nom, inconnu dans la paroisse de L...

Les regards des deux hommes s'entrecroisèrent comme deux lames d'acier qui se choquent dans un battement d'épée préliminaire, puis s'abaissèrent aussitôt; et le vieil *homme de cages* raconta le sauvetage auquel il avait pris part et le drame dont il avait été témoin, sans faire aucune allusion à ce nom qu'il venait de jeter en pâture à la curiosité publique.

Il était évident qu'en dépit des pénibles événements de la veille, les sympathies de l'auditoire se portaient vers le père Louison, et personne ne fit trop attention, si ce n'est le magistrat, à l'*a parte* qui venait de se produire entre le témoin et l'accusé. D'ailleurs, on est naturellement porté à l'indulgence chez nos habitants de la campagne, et l'enquête fut promptement terminée par le magistrat, qui enjoignit simplement au vieux pêcheur de retourner chez lui, de vaquer à ses occupations et de se tenir à la disposition de la justice.

La foule se dispersa lentement et le père Louison retourna s'enfermer dans sa cahute pour échapper aux retards curieux qui l'obsédaient.

Le magistrat, avant de s'éloigner, s'approcha du dernier témoin et lui intima l'ordre de venir le voir chez lui, le soir même, à huit heures. Il voulait lui causer.

V

Fidèle au rendez-vous qui lui avait été imposé, le vieux voyageur se trouva, à l'heure dite, en présence du juge, du curé et du notaire qui s'étaient réunis pour la circonstance.

Il se doutait bien un peu de la raison qui avait provoqué sa convocation devant ce tribunal d'un nouveau genre. Aussi ne fut-il pas pris par surprise lorsqu'on lui demanda à brûle-pourpoint:

—Vous connaissez le père Louison depuis longtemps et vous lui avez donné le nom de Louis Vanelet, ce matin, à l'audience.

—C'est vrai, monsieur le juge, répondit le voyageur sans hésiter.

Dites-nous alors, où, quand et comment vous avez fait sa connaissance?

—Oh! il y a longtemps, bien longtemps. C'était au temps de mon premier voyage à la Gatineau. Nous faisions chantier pour les Gilmour et Louis Vanelet et moi nous bûchions dans le même camp. C'était un bon travaillant, un bon équarisseur et un bon garçon. Tout le monde aimait surtout à lui entendre raconter des histoires, le soir, autour de la cambuse. Un jour, une escouade de travailleurs nous arriva pour partager notre chantier et il y en avait un parmi les nouveaux arrivants qui connaissait Vanelet et qui venait de la même paroisse que lui, aux environs de Montréal. Ils se saluèrent à peine et il était évident qu'il y avait eu gribouille entre eux. Rien d'extraordinaire ne vint d'abord troubler la bonne entente, jusqu'à ce qu'un jour, Vanelet vînt me trouver et me demandât de lui servir de témoin dans une lutte à coups de poings qu'il devait avoir le lendemain avec son coparoissien. "Nous aimons, me dit-il, la même fille, au pays, et comme nous ne pouvons l'épouser tous les deux, nous voulons régler l'affaire par une partie de boxe." La proposition me parut assez raisonnable, car on se bat volontiers et pour de bien petites raisons dans les chantiers. J'acceptai donc et le lendemain matin, de bonne heure, avant l'heure des travaux, les adversaires étaient face à face dans une clairière voisine. La bataille commença assez rondement, mais à peine les premiers coups avaient-ils été portés que Vanelet était absolument hors de lui-même, dans un accès de fureur noire. Plus fort et plus adroit que son adversaire, il lui portait des coups terribles sous lesquels l'autre s'écrasait comme sous des coups de massue. J'essayai vainement, avec l'autre témoin, d'intervenir pour faire cesser la lutte, mais Vanelet, fou de rage et fort comme un taureau, frappait toujours jusqu'à ce que son adversaire, les yeux pochés et la figure ensanglantée, perdît connaissance et ne pût se relever. Alors Vanelet le saisit et, le balançant au bout de ses bras, le lança sur la neige durcie et glacée qui recouvrait le sol. Le pauvre diable était sans connaissance et le sang lui sortait par le nez et par les oreilles. Vanelet allait de nouveau se précipiter sur sa victime lorsque nous nous jetâmes sur lui et c'est avec la plus grande peine que nous réussîmes à empêcher un meurtre. Jamais je n'avais vu un homme aussi fort, dans une fureur aussi terrible. Il se calma cependant après quelques instants et s'enfuit comme un fou à travers la forêt. Mon compagnon se rendit au chantier pour obtenir un traîneau afin de transporter le corps inanimé de notre camarade. Bien que nous fussions au mois de février et en pleine forêt, très éloignés de toute habitation, Louis Vanelet disparut du chantier. Je l'ai revu hier pour la première fois depuis cette époque mémorable, car aucun de nous ne savait ce qu'il était devenu. Le pauvre homme qu'il avait presque assommé resta pendant longtemps entre la vie et la mort et nous le ramenâmes, au printemps, dans un pitoyable état, pour le renvoyer dans sa famille. J'ai appris depuis qu'il s'était rétabli et qu'il avait fini par épouser celle pour qui il avait failli sacrifier sa vie.

Le magistrat, le curé et le notaire, après avoir écouté attentivement cette histoire, se consultèrent longuement et finirent par décider qu'en vue du caractère irascible du père Louison, de ses colères terribles et de sa force herculéenne, il fallait en faire un exemple et le traduire devant la Cour Criminelle qui siégeait à Sorel.

Le bailli recevrait des instructions à cet effet.

VI

Lorsque le représentant de la loi se rendit, le lendemain matin, pour opérer l'arrestation de Louis Vanelet, il trouva la cabane vide. Le vieillard, pendant la nuit, avait disparu en emportant dans son canot ses engins de chasse et de pêche. Personne ne l'avait vu partir et l'on ignorait la direction qu'il avait prise.

Quelques jours plus tard, le capitaine d'un bateau de L... racontait que, pendant une forte bourrasque de nord-est, il avait rencontré sur le lac Saint-Pierre un long canot flottant au gré des vagues et des vents.

Il avait cru reconnaître l'embarcation du père Louison mais le canot était vide et à moitié rempli d'eau.

Milton Keynes UK
Ingram Content Group UK Ltd.
UKHW030625110923
428455UK00009B/548